Mila la Sirena

Paulina Vargas

Ilustraciones de **Elsa Sánchez**

URANITO EDITORES
ARGENTINA - CHILE - COLOMBIA - ESPAÑA
ESTADOS UNIDOS - MÉXICO - PERÚ -URUGUAY - VENEZUELA

Mila la sirena
ISBN: 978-607-7480-65-5
1ª edición: agosto de 2016

© 2016 *by* Paulina Vargas
© 2016 de las ilustraciones *by* Elsa Sánchez
© 2016 *by* Ediciones Urano, S.A.U.
Aribau, 142 pral. 08036 Barcelona

Ediciones Urano México, S.A. de C.V.
Av. Insurgentes Sur 1722, piso 3, Col. Florida,
México, D.F., 01030 México.
www.uranitolibros.com
uranitomexico@edicionesurano.com

Edición: Valeria Le Duc
Diseño Gráfico: Joel Dehesa

Impreso en China – *Printed in China*

A Camila
Paulina Vargas

A Jordi Bernadó y mi familia
Elsa Sánchez

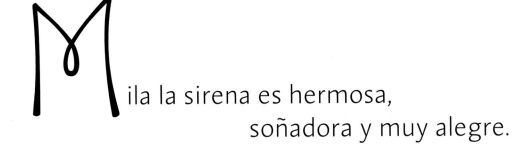

Mila la sirena es hermosa,
soñadora y muy alegre.

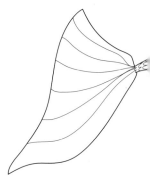

Igual que a otras sirenitas de su edad, le gusta
bailar, cantar y jugar.

Cuando está con sus amigos y su familia
es una parlanchina, hace bromas y se ríe tanto
que hasta le duele la panza.

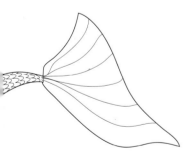

A veces Mila siente
ganas de llorar,
sin saber por qué…

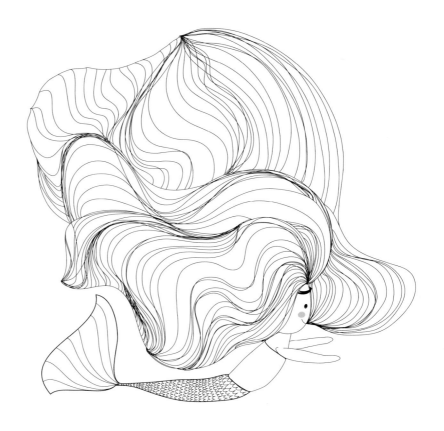

…pero se pone a jugar un rato y se le olvida.

Cuando está con sirenitas desconocidas
se queda muy calladita y mira hacia el piso.

A Mila le gusta tener la razón,
y se siente triste
si le llaman la atención.

Un día, mientras nadaba de regreso a su casa, vio a una estrella de mar atrapada en un coral…

…y sin pensarlo, Mila se acercó
y la ayudó a salir.

La estrella de mar estaba tan agradecida,
que le dio un fuerte abrazo
en su aleta…

…y entonces, algo hermoso sucedió.

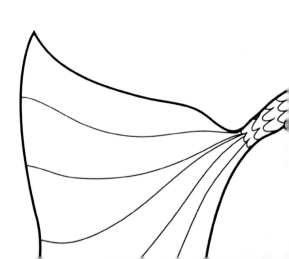

Mila cobró un brillo especial y radiante,
¡parecía que la estrella de mar
era mágica!

Mila quiso enseñarle a todos
lo brillante y hermosa que estaba,

pero cuando se acercaba
a platicar con alguien,
le daba un poco de pena
y hablaba tan bajito
que nadie la escuchaba.

a

ə

a

ə

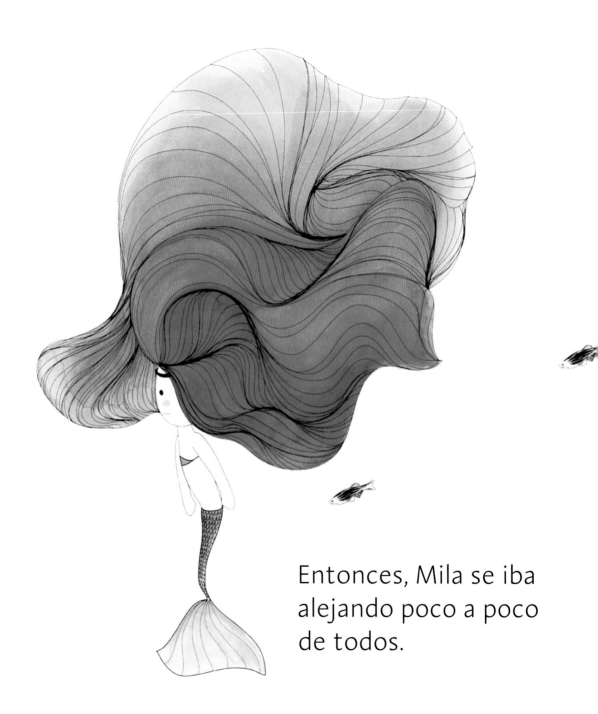

Entonces, Mila se iba
alejando poco a poco
de todos.

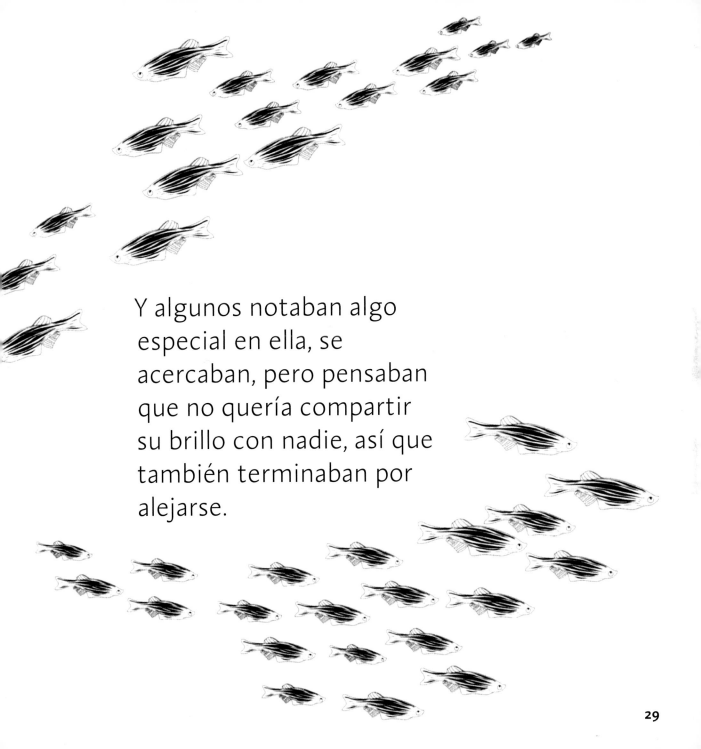

Y algunos notaban algo
especial en ella, se
acercaban, pero pensaban
que no quería compartir
su brillo con nadie, así que
también terminaban por
alejarse.

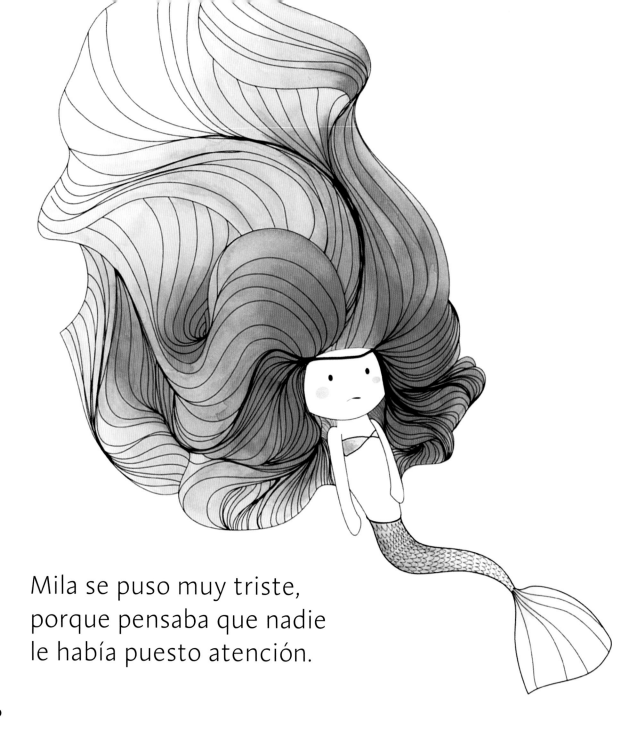

Mila se puso muy triste,
porque pensaba que nadie
le había puesto atención.

Sin darse cuenta de que sí le ponían atención,
pero por hablar tan bajito, nadie
la había escuchado.

Entonces, vio que
su brillo se apagaba
un poco.

Se sentó a llorar
y de pronto
tuvo una idea:

33

Voy a buscar a la estrellita de mar

a quien ayudé y le pediré más brillo

— pensó.

Rápidamente nadó hasta el coral
donde estaba atrapada la estrella de mar
y la vio ahí nadando feliz.

Le pidió por favor que le diera más brillo porque quería enseñárselo a todos.

Pero la estrella de mar le respondió:

—Yo no te he dado brillo,
tu brillo es especial y
siempre ha sido tuyo,
está dentro ti.

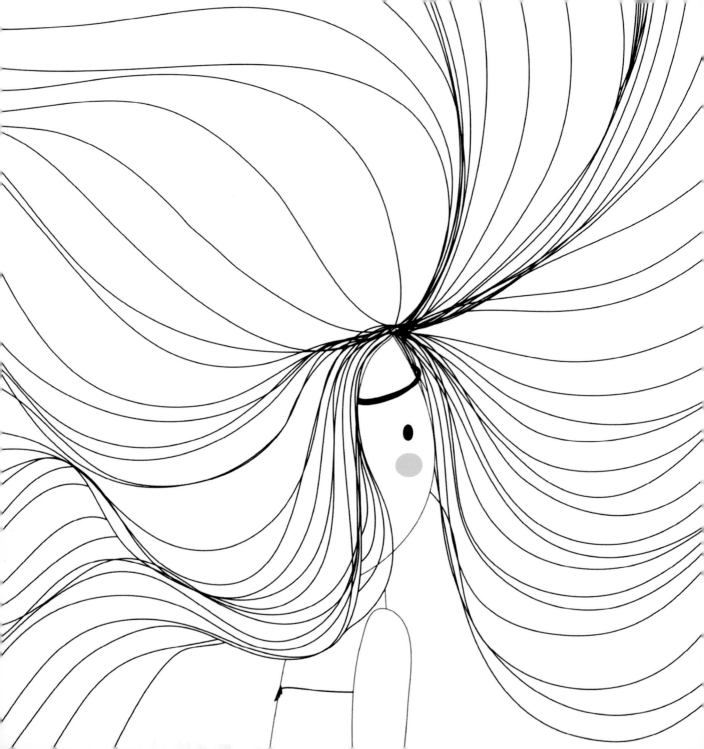

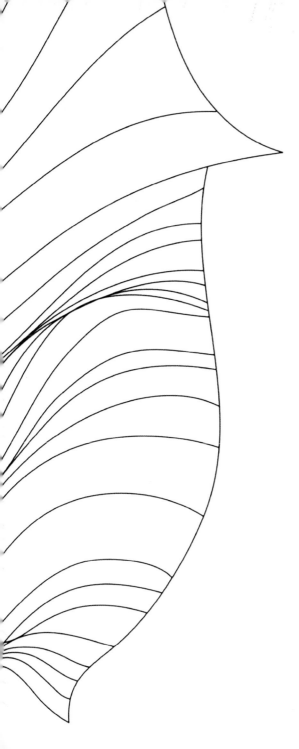

Pero para que todos
lo noten debes asegurarte
de que escuchen lo que
tienes que decir, hacer
lo que quieres hacer y
saber en tu corazón que
todos tus amigos y tu
familia te aman—.

Mila se sintió más brillante que nunca y
le dio las gracias a la estrella de mar porque
ahora ella la había ayudado.

Mila regresó con una luz tan radiante que deslumbró a todos al pasar.

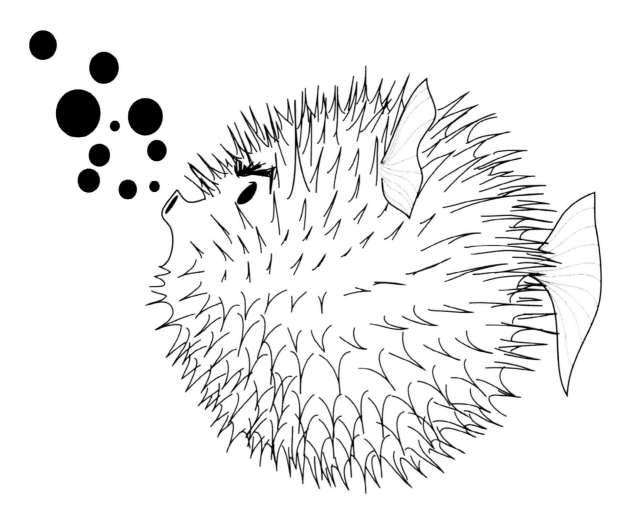

Algunas sirenas y peces se alejaron porque se sintieron envidiosos, pero Mila siguió iluminada

con una luz tan brillante
que eso no le importó, porque
pudo hacer nuevos amigos.

Ahora se sentía tan importante y hermosa que pudo compartir su brillo sin pena.

Y con ese brillo especial, Mila iluminaba su vida y la de todos alrededor.

El consejo de Mila

Todos somos luz para el mundo. Y para compartirla y hacer que el mundo sea más brillante, tenemos que buscar en nuestro interior, pues ahí encontraremos la fuerza, la valentía, la bondad y la belleza que nos hace brillar para enfrentar los retos de la vida. Así que, cuando sientas pena, miedo o preocupación, cierra tus ojos y recuerda que tu brillo te hace único e importante, y gracias a él tienes lo necesario para lograr lo que te propongas. Ya sea, hablar más fuerte, decir lo que te gusta y lo que no te gusta, hacer un nuevo amigo o simplemente estar feliz por ser tú mismo.

Ayuda para padres

En la actualidad, cada vez más niños sufren de ansiedad y a edades más tempranas. Es una consecuencia de la vida en las grandes ciudades, los horarios agitados, la excesiva información que tenemos que procesar, la presión por ser mejores para entrar a ciertas escuelas, tener una beca o simplemente para pertenecer a ciertos grupos sociales. El no poder cumplir con tan altos estándares crea ansiedad. Los niños, al ser más vulnerables, pueden llegar a verse afectados.

Para el niño ansioso la vida diaria se convierte en una incertidumbre que limita ciertas áreas de su desarrollo. Al sentir esa limitación, puede caer en dudas constantes acerca de su valor personal o, de si es o no suficientemente "bueno" para tomar decisiones asertivas, o para pertenecer, o para agradar a las personas a su alrededor. Como consecuencia, el pequeño presenta baja autoestima.

Podemos ayudar a reducir la ansiedad en los niños con las estrategias siguientes:
• Elevar su autoestima.
• Tener una rutina establecida.
• Incentivar un ambiente de relajación.
• Enseñarle técnicas de meditación.
• Hacer ejercicios de respiración que pueda aplicar en momentos de crisis.

- Hacer introspecciones para ayudarlo a conocerse y confiar en sí mismo.
- Preguntarle: ¿por qué crees que eres luz para el mundo?
- Pedir ayuda profesional.

Los focos rojos para evaluar si es necesario acudir con un sicólogo infantil serían, que el niño no duerma bien en las noches, no coma bien, baje el nivel académico y se queje de sobre manera de la escuela o de sus compañeros.

En este libro, Mila la sirena nos enseña cómo podemos reducir la ansiedad mientras aumentamos la autoestima de los niños, haciéndolos reflexionar sobre ellos mismos y su importancia para el mundo. La autoestima es la conciencia de una persona acerca de su propio valor. Es un elemento básico en la formación personal de todo ser humano. Cuando un niño tiene una buena autoestima se siente competente, seguro, valioso y se comunica con fluidez. Con estas herramientas obtendrá la seguridad y la calma interna necesarias para combatir su ansiedad y disfrutar la vida plenamente. Si sabe que es importante por sus propias cualidades, se sentirá más confiado y enfrentará los retos que se le presentan, desde una ligera tristeza, un problema entre amigos o hasta una crisis de ansiedad.

Cada persona brilla con una luz especial. Ese brillo viene de nuestro interior e ilumina el mundo para hacerlo un lugar mejor. La intensidad de esa luz corresponde a la belleza de nuestro interior y nuestro amor propio, no al tamaño del cuerpo o a los años que tengamos. Ayudemos a nuestros hijos a brillar con luz propia y a deslumbrar al mundo.